KB158271

코로나 19시대

은퇴한 시골 노인의 여름 이야기

코로나 19시대 은퇴한 시골 노인의 여름 이야기
인　쇄 : 2020년 12월 24일 초판 1쇄
발　행 : 2021년 5월 3일　　　2쇄
지은이 : 오석원
펴낸이 : 오태영
출판사 : 진달래
디자인 : 노혜지
신고 번호 : 제25100-2020-000085호
신고 일자 : 2020.10.29
주　소 : 서울시 구로구 부일로 985, 101호
전　화 : 02-2688-1561
이메일 : 5morning@naver.com
인쇄소 : TECH D & P(마포구)

값 : 10,000원
ISBN : 979-11-972924-1-5(08310)
CIP 2020053777

코로나 19시대

은퇴한 시골 노인의 여름 이야기

오석원 시집

진달래 출판사

시인에 대하여

시인 오석원은 1947년. 전남 강진에서 태어나. 전남 장흥중과 광주일고를 나온 뒤 전남대에서 수학하였고, 국세청 공무원으로 30년 넘게 봉직(奉職)하고 명예퇴직하여 20년이 넘는 세월을 **생거진천(生居鎭川)** 농다리 길에서 귀농 시인으로 살고 있다.
매일 두세 시간씩 맑고 깨끗한 공기를 마시며 걷기를 한 뒤 그날의 감상을 적고 있는데 한 마디 한 마디가 그대로 시다.
보고 느낀 그대로, 삶에서 길어 올린 따뜻한 사랑이 담긴 시어(詩語)와. 피아졸라의 망각(Oblivion)을 닮은 잔잔한 리듬이 독자의 마음을 깨끗하게 씻어 준다. 강요하지 않는 삶의 지혜와 연륜이 묻어나는 시인(詩人)의 목소리가 코로나 19로 힘든 오늘을 사는 우리에게 조용한 위로를 준다. 오태영(작가)

축하의 글을 쓴 동생 오장원

차 례

들어가는 말

발버둥 치며 살다 보면
망가지고 찢기고 상처투성이로 남겨진 채,
가는 길에 고생깨나 하면서 떠나는
많은 사람을 보게 된다.

직장생활은 상하 관계며 동료 간의 부딪힘 속에
스스로 발전을 꾀하다 보면
많은 스트레스가 쌓일 수밖에 없고,

은퇴할 때쯤엔
고민할 만큼의 건강상태로
성인병을 품게 되는 주변 사람이 너무나 많다.

나 또한
정년을 몇 년 앞둔 시점에서
혈압 당뇨에 고지혈증으로
몸이 많이 망가진 모습은
환갑이라도 지내게 될 것인지?
걱정하는 순간에 이르게 된다.

우연한 기회에 진천 농다리 길 산속에
집을 마련해두고 있어서
명예퇴직으로 직장을 마감하고,
시골 생활을 시작하게 되었다.

집 뒤로 산이 연결되어 산을 타고
걷는 것으로 건강을 찾고자 했으며
먹을거리는 내 땅에서 직접 키워
스스로 해결하며 맑은 곳에서 살다 보니,
건강이 회복되어감을 느낄 수가 있었다.

농다리 둘레에 초평호수가 있고
금강으로 흘러가는 미호천이 이어진 곳에는
양천산 줄기의
은여울 산이 위치한다.

하루가 시작되면 특별한 볼일이 없으면
애견 율무와 의무적으로
수목원을 지나 오솔길을 오른다.

봉우리 2개를 넘어서 초평호를
바라보면서 되돌아 내려오면
2시간에 만 보 정도를 걷게 된다.

7~8km의 산오름을 날마다 하다 보니
건강이 크게 회복되고
마지막을 향해 가는 길목에서
치매를 차단하고자 일정을 글로 남기다 보니
이 책을 남기게 된다.

건강은 건강할 때 스스로 노력하면 지켜낼 수가
있다는 걸 내 몸이 증명한다.
60을 목표로 한 시골에서의 내 생활이
며칠 후면 75살이다.

산에서 움직이며 날마다 걷는 모습,
건강을 지켜내는 은퇴자의 모습이
아닐까 생각한다.
움직이는 내 모습이 생활 시인의
영광을 나에게 선물한다.

많이 움직여야 100세를 보증한다.
은퇴 후 생활은 물 맑고 공기 좋은
시골 조용한 곳에서 자연과 함께….

2020년 12월

귀농 시인 오석원

Part 1

코로나 19에도 여름은 오고 있어요

하지가 여름을 지킨다

6월은 호국보훈의 달
현충일이 6월을 지키고
하지가 여름을 지킨다.

찌는 더위는 아니더라도
뙤약볕에 작물이
커가는 속도를 내는 달이다.

어제 비가 왔는지
은여울 산 오솔길에
촉촉함이 느껴진다.

산들바람이 내 몸을
스칠라치면
너무나 시원하다.

그늘진 오솔길은
아무리 표현해도,
홀로 즐기는 산길로는
세상에서 최고다.

맑은 공기와 함께한다.

끊임없는 비행기 소리

은여울 산 너머로
중부권 국제공항
청주공항이 움직인다.

공군사관학교
충주 공군비행장이
하늘을 휘 잡는 곳이다 보니

귀를 찢는 폭음이,
은여울 오르막길에
이따금 반갑지마는
않는 곳이기도 하다.

해외여행이 거의 없다더니
수출물량 화물수송인지,
제주 가는 여행인지?

끊임없는 비행기 소리가
나라가 열심히
돌아감을 그려본다.

방사광 가속기가
사는 곳 인근 오창에 들어선다니,

요즈음 들뜬 사람이
주변에 있는 것도 같지만,
뭐가 좋아진 지는
크게 와 닿지 않는다.

동탄에서
안성으로 혁신도시로
청주공항으로 수도권
지하철이 얘기되나,

우리 세대의 일인지는
짐작이 가지 않는다.

오후부터 비가 온다니
일찍 서둘러
만 보를 걷고 있다.

율무가
내가
쉬는 곳을 알고,
오늘은
먼저 가서 쉬고 있다.

풋고추

초하의 6월엔
밭 자락에 수없이 많은
먹거리가 줄을 선다.

쪽파, 마늘, 비트를 필두로
상추, 아욱, 정구지라 불리는
부추, 솔이 뜯어도 뜯어도
끝이 보이질 않는다.

모내기 끝난 논 자락
물구덩이엔 유기농 농사로
우렁이가 득실거리고
물을 정화한다는 돌미나리

솟아오는 그대로
묻혀서 먹어두면
어떤 음식점에도 그 맛을
대체할 식재료가 없다.

어제는 처음 달린
풋고추를 몽땅 훑어서
찌개로 먹었더니,

이래서 계절 음식
몸에 좋다 하는 거 같다.
맛있고 새롭고
꽈리고추가 아닌 풋고추가

영락없이 꽈리 맛을
내는 걸 보니 풋고추의
진한 맛이….

몽땅 따줘야
고춧대가
위로 커서 고추가 실하다나?

인동초 이쁜 꽃에
눈총 주며 걷는 오늘
뻐꾸기가 은여울 산 정상까지
올라서며 울어댄다.

좋은 일이라도
있었으면 하면서
은여울 2봉을 뒤돌아
내려선다.

땀깨나 흘렸다.
아주 후덥지근하다.

매미

여름철에 나타나는
더위를 알리는 나무 위의
무법자다.

여름철 공해로
다가서기도 한다는
매미의 애벌레를 보셨나?

요즘 나뭇잎에서
잎을 갉아 먹어서
앵두잎을 깡그리 먹어대
엄청난 애벌레를 털어낸다.

산행길에
소나무에서 움직이는
매미 애벌레가 있어
여기에 옮긴다.

유기농 인삼재배

초파일 행사가 마무리된
무량사 관음전을 거쳐
연못에 앉으니 연꽃이 보인다.

연잎 위로 튀어 오른
고기까지 눈에 띈다
심어둔 호박 수박 참외가
넝쿨 뻗기를 열심히 한다.

대추나무에 수없이
매달린 대추가 왕대추로
눈에 띌 순간이 기다려진다.

오디 보리수가 눈에 띄어
따보며 맛을 본다.

봄에 심어둔 곳
인삼밭을 들여다보니
파릇파릇 어린 삼이 키를 재기하며 올라온다.

인삼밭 주변에는 엄청난 농약이 살포된다.
유기농 인삼재배는 사실상 어렵다.

후덥지근한 더위

날씨가 상당히 덥다.
여름이 엊그제 시작된 거 같은데,

후덥지근한 한여름
날씨를 보여준다.
조금만 움직여도 땀방울이 맺히고
움직이기가 싫어진다.

은여울 산 오솔길도
예외 없이 덥더니,
등성이를 넘어서니
산들바람이 시원하게 다가온다.

한바탕 휘젓고 달려온
율무가 길바닥에
네발 뻗고 헐떡거린다.

조심스럽게 움직이는
마스크 낀 주변을 살피니,
어디에도 안전한 곳이
없는 것 같다.

알아서 쉬고 가고

엄청 덥다.
줄줄 흐른다.
어제의 그 길을
오솔길 그늘 속으로 걷는데도
땀으로 멱을 감는다.

손등에도
목덜미에도
등에도 온통 땀투성이다.

걷고 또 걷고
이걸 해야만 내가 있는 건가?
이 생각 저 생각 속에
오늘도 목표지점에
조용히 도착했다.

헐떡이는 율무
이젠 각자가 움직이니
걱정할 건 없어졌다.

알아서 쉬고
알아서 가고

현충일

오늘은 국가를 위해서
몸 바친 영령들을 기리는 현충일이다.

경건하고 엄숙한 맘으로
하루를 생각하며 지내야 하는
6월의 정점이다.

달과 일이 겹치는
경사스러운 날이기도 한데
토요일에 현충일이 겹쳐 드니
공휴일이 아쉽기도 하겠다.

코로나가 그칠 기미를
좀체 보이질 않으니,
어딘가로 나들이도
어딘가의 모임도
기억에서 사라져가니,

생활 리듬이 완전히
헛도는 기분이다.
가족 간에도 소홀해지니,

친구와 옛 동료들과의

소통은 완전히 차단된
요즘이다.

산에서 자연과 사는
혼자 살기를 마음먹은
자연인의 삶이 실현된다.

덩굴장미가 만발하더니
향기 쏟아지는 이쁜 장미도
눈에 띄고,

달맞이꽃 엉겅퀴가 요란스럽게
계절을 맞이하고 있다.
장독대 주변의 접시꽃이
꽃피우기 얼마 전 모습이다.

녹음 속에 파묻힌 곳
산속 집에서
숨만 쉬고 지낸다.

은여울 오솔길을
오르내리며 땀 흘리며
즐겨본다.

모심기는 끝나고

계곡에서 흐르는 물
고인 지 오래되어
뻐끔거리는 고기가 있어 보인다.

주변에 모심기는
100% 완료되었고
느지막하게 심는 밭작물
서리태 콩만
밭으로 나갈 준비를 하니,

이제부턴
수확할 사연만 남은 거 같다.

논두렁에 망초가
원도 없이 피어있고

코로 들어온 밤꽃 냄새가
혼자 사는 여인네들
유혹하는 시기로다.

농다리를 바라보니

어제저녁에
그렇게도 쏟아지던 비
아침에 눈 뜨니 말끔한 하늘이다.

쏟아지는 비에
어딘지 모르지만
합선되었는지,

보던 TV
나오던 지하수가 모두 멈췄다.

전기가 차단되니
어찌할 도리없이
그냥 잘 수밖에 없고,

밝은 날에 여기저기 찾아서 원인을 발견하니
빗물에 합선된 곳 찾아서야
답답한 맘이 풀린다.

시골에서 살라치면
모든 부분에 응급처치는
가능해야만 지낼 수 있다.

미호천 상류는
완전히 흙탕물이 유유히 흐르고,

은여울 산 숲길은 촉촉한
기분에 마음속
깊은 곳까지 개운하다.
바쁜 일을 고민스럽게
마무리하고,

숲속에서 걷는 중에도
쐐기 모양의 애벌레가
땀을 흘린 목 주변에 떨어져,

벌겋게 상처가 나고
가려움에 고생깨나 한다.

꽃도 좋고 먹거리도
수북하다.
블루베리 한 움큼에
덜 익은 복분자가 잔뜩 보인다.

접시꽃도 제멋을
다 내고 서 있다
다년생이라 해마다
그 자리에 간섭없이 피어난다.

유기농 과일

엄청 무더운지
햇빛이 없어도 땀이
범벅되는 오솔길이다.

접시꽃 피어나는 곳
블루베리며 오디를 훑어다
냉동으로 보관한다.

유기농 과일이라서
모양새는 이쁘지 않다만
몸에는 좋을 듯싶다.

내 다리통이 근육질로
우글우글 변해 감을
사진 찍다 발견한다.

쉬지 않고 걷는 운동이
결실을 보는 듯
앓고 있는 성인병도,
수치가 거의 정상이다.

습기가 가득 찬

비 온 뒷날
습기가 가득 찬
은여울 산 오솔길
땀 흘리며 걷는다.

여름에 접어드니
하루하루가 지치도록
덥다.

풀과의 전쟁이
본격적으로 시작되니
단단히 준비하고
미리미리 대비해야만,

캘 것, 딸 것, 볼 것을
차지한다.
풀 속에 갇히는 게으른 내 모습은
보이고 싶지 않다.

율무와 만 보 코스를
돌아서 다녀오니
해낸 기분. 아주 좋다.

요즘의 날씨 패턴

밤으론 비 내리고
낮엔 비 걷히고
요즘의 날씨 패턴이다.

낮에 개이니
은여울 산 오솔길은
쉬지 않고 찾을 수 있으니
아마도 하늘이 내 건강을 지켜주나 보다.

접시꽃 꽃송이가
날마다 늘어나고
땅만 내려다보는
나리꽃이 모습을 보인다.

어제도 따고
그저께도 따고
손바닥엔 피 색깔의
오디 물이 요란한 요즘

나서면 머거리가
날 유혹해댄다.
상추, 아욱, 부추, 고춧잎,
블루베리, 오디, 복분자,

먹는 걸 참아야만
내가 사는 길인데
다이어트 생각은 아예 없다만
먹는 거 때문에 생기는 병,
문화인의 그 병일진대.

오랜 기간
내 곁을 떠나지 않더니,
요즘 치료제를 개발한다는
뉴스가 떠오른다.

방사광 가속기가
사는 곳 주변 청주에
들어온다더니,

관련 기업 유치차
사는 곳 집주변에 대규모
공단까지 온다니?

걱정이 앞선다.
생명공학 제약사업 등이
4차산업 유형으로 발전
된다니,
좋은 뉴스라 믿어보자.

시원한 여름옷

시원한 몸차림으로
율무가 나선다.
답답한 옷걸이 벗어던지고
시원한 여름옷으로
갈아 입혔다.

얼굴이 이렇게도
작았었나 싶다.
미끈한 몸매까지 갖췄으니
미인대회라도 나서거라.

하얀 접시꽃,
하얀 민들레,
하얀 작약,
하얀 삼백초,
하얀 어성초꽃,

하얀색을 보이는 꽃이라야
약초로서 가치가 있다는
주위의 얘기가 맞는 건가?

우리 집엔 하얀색을
골라서 심어둔 그분의

정성이 요즘 나타난다.

접시꽃이 만발하고
어성초가 고기비린내를
뿜어대며
삼백초가 피어나니,

집안이 약초로 가득한 듯
착각 속에 빠져들고
여기저기 열매가
내 입속에 가득 찬다.

블루베리, 복분자,
오디가 전성기니,
시골 생활을 즐겨보며
오물거려 입을 움직인다.

뻐꾸기 딸꾹질 소리
귀 기울여 느껴본다.
언제쯤 걱정 없이 사는 세상

코로나 악몽에서
벗어날 수 있으려나.
흠뻑 쏟은 진한 땀이
내 몸을 씻어낸다.

초평호 뒤쪽에서

엄청 맑은
구름 한 점 보이지 않는
깨끗한 하늘이다.

습한 숲속 기운도 맑아진 오늘이나.
그늘로 그늘로
오솔길을 오르면서,

흠뻑 흐른 땀을
주체할 수가 없다.
깨끗하게 몸단장한
율무도 헉헉대며 혀를
빼낸다.

소속 불명의 새소리는
귓전을 계속 울리고,
오솔길 여기저기엔
매미 애벌레들이 발에 밟히면서 꿈틀대며 움직인다.

얼마나 많길래
매미 애벌레 땜에
설악산 주변 상록수가,

벌거숭이로 변해 간다고
뉴스에 나타날까 싶다.
매매가 해충이었던가?

소음 공해만 느꼈는데
또 다른 부분에서 산림을
해치는 해충일 줄이야?

논 자락에 심어진 벼가
벌써 새까맣게 힘 받은
들녘을 보노라면,

심은 지 엊그제 같은데
벌써 한 달이 훌쩍
지난 모양이다.

코로나 역병도
4개월째 진행되며
어느 순간에 멈출지는
전혀 예측되지 않는다.

불분명한 세상살이가
불안한 나머지
집에만 틀어박히니
답답하기 짝이 없는 나날이다.

백년초가 꽃을 피운다

사막에서 자란다는
선인장
백년초가 꽃을 피운다.

덥고 짜증 나는 날
힘차게 밀고 올라서더니
줄기로 새싹을 틔우면서,
드디어 노란색을 보여준다.

꽃줄기 모두가
약초로 가치가 있다는
백년초가 집에서
넓게 자리 잡고 언젠가는
한몫을 할 듯싶다.

설탕에 버무려서
효소를 담아보려 준비하는
과정이다.

오디를 설탕에 비벼
잼을 준비하고
초크베리는 말려서 분말
블루베리는 훑어서 한입,

복분자는 담아서
술 만들면
여기저기 먹거리 쌓여가는데,

가을 녘엔 꾸지나무 열매가
내 입을 찾을 듯,
열매 모습이 많이 보인다.

노란 꽃으로 열매를
준비 중인,
참외, 수박, 오이, 호박,
덩실덩실 꽃 피우니
머지않아. 내 입속에.

덩굴장미 붉은색이
해넘이 하늘을 물들인 듯,
산자락 아름다운 하늘빛
내 눈을 멈추게 한다.

앵두 열매를 매미 벌레 땜에
완전히 실패하고
숙변 제거는 내년으로
미룰 수밖에 없다.

은여울 오솔길에

자유롭게 풀어준 율무
올라오다 고양이와
짖어대며 한바탕한다.

시끄러워 뒤돌아서서
목줄 메고 산 쪽으로
땀 흘리며 올라서며,
한마디 해둔다.

율무야,
내일부턴 해찰 부리면
너와는 산에 안 오는 거다.

말귀를 알아들었는지
눈만 깜박이며
다소곳이 쉬고 있다.

7월이 가까워져 오니
더위가 갈수록 크게
느껴진다.

줄줄 흘리는 땀
요리조리 뿌려내며
목표지점 만 보 코스
그곳을 향해 걷는다.

세종으로 달려

파란 들판
오창과 오송 사이의
넓은 평야 지대를 뚫고선
세종으로 달려간다.

벼 심어둔 초원으로
탈바꿈한 들판이
차창 밖으로 눈에 들어온다.
세월이 너무 빠르다.

세종호수 공원을
바라보며 신도시로
짜임새 있게 변모해가는
계획된 도시로서의 모습을
서서히 느낀다.

국회 분원이 가시화되면
Ktx 세종역 문제는
스스로 해결될 듯하고
금강 변에 조성된 수목원,

건강한 도시 생활을
가능하게 할 듯도 하다.

6.17부동산 대책으로
청주 대전을 모두
묶었으니 머지않아
멀리 전라도까지 몽땅
묶을 셈인 것도 같다.

유동성 자금이
기업 운영에서 벗어나
주식 부동산에 구름처럼 이동하니,

금액만 있을 뿐
종이로 변해 가는 돈,
가치 없는 화폐다.

젊은 사람들이
넋을 잃고 세상 탓하는데,
언제쯤 좋은 세상을
접할 수 있을는지?

병원에 들러서
쑤시고 아픈 곳 지수를
관리하는 여러 약을 준비하고,
오후 늦게야
율무와 산행한다.

접시꽃 당신

시를 알만한 사람들은
6월 하순쯤이면
장독대 주변에서 피어나는
접시꽃을 바라보며
"접시꽃 당신"을 머리에 그린다.

우리 집 뒤뜰 장독대 주변
하얀색 붉은색 희고 빨갛게
요란스레 섞인 색이,
꽃을 피우고 있다.

나비 벌들이 떼 지어,
윙윙대며
꽃가루를 나르느라
야단법석이다.

다년생 꽃으로 자리잡힌
그 자리에 내년 내후년에도
계속 꽃을 피울 것이며
아름다움을 선물할 것이다.

태양광 전등을
주변에 세웠더니,

어두운 밤에도 꽃이 눈에 띄어, 좋다.

김여정 김정은 트럼프가
떠오르는 뉴스 자막이
너무나도 싫은 요즘이다.

되는 것도 없고
될 것 같지도 않고
그냥 이렇게 살 수밖엔
없는 것 같다.

투기지역, 조정지역,
금리조정, 대출 제한 등
온갖 방법의 부동산대책이
나라에서 억지로
돈 흐름을 묶어간다.

결국은 보유세, 거래세로
국고로 집결시켜
나라 곳간만 채워간다.

빈부 간에 격차는 더더욱 심해지니,
의욕도 상실되고
젊은이 노인 할 것 없이,
그냥 되는대로 살고 만다.

새벽공기 매콤

맑은 하늘 푸른 하늘
엄청 찔듯한 아침이다.

새벽 5시부터
도라지 모종을 약초로 심었더니
땀깨나 흐른다.

하얀색 도라지라고
마을 농원
모종 생산하는 곳에서
엄청난 양을 가져와선

어제부터
심어진 상추를 제거하고
땅 파고
비닐 씌우고,

새벽부터 모종 심느라
땀깨나 흘렸다.
시골 일은 무조건 육체노동,
움직이면 땀나고
이런 걸 힐링이라 들먹이는 사람도 있다.

위담산방(謂譚山房)에

수목원을 지나
은여울 산 오솔길을
조용히 걸어온다.

그늘진 길목마다
소나무 참나무 뿌리 결이
길바닥에 계단처럼
뻗어난 곳,

조심조심 발걸음을
넓혀서 땀 흘려가며
산 위로 오른다.

시원한 바람이
나뭇결을 스쳐오니
여름 바람으로 땀에 적셔,
가슴에 와 닿는다.

이틀 후면 낮이 가장 긴
하지가 다가선다.

미호천 변에 내려서니
더위를 식히려는 듯

고라니 한 마리가
몸을 담근 채 유유히 수영한다.

내가 눈에 띄니
물을 건너 산 쪽으로
오르는 모습이 보인다.
헤엄치는 고라니,
처음 보는 순간이다.

백합꽃이 꽃향기를
잔뜩 품고 여기저기 이쁜
꽃 모습을 보인다.
주변이 너무나 향기롭다.

백합향 천리향 매화 향은,
꽃향기를 대변하는
꽃속에 가장 큰 선물꽃이다.

그 꽃 중 백합이 요즘이다.
화원에서 맡아야 할 향기를
마당 풀밭에서.
어색하다.

그냥 달린다

어젯밤에도 비가 내린 거 같다.
농작물이 물기를 머금은
새벽공기가 너무 개운하다.

고추가 주렁주렁
금화규가 잎사귀를 너풀너풀
고구마가 푸른 줄기 쭉쭉
비트가 알맹이를 단정하게

매미 울고 모기 극성부릴 땐
금화규 꽃 따고,
빨갛게 익은 고추 따느라,

고단한 나날이 시작된다만
농사짓는 마음을
힐링하는 시골 생활로 내 맘을 잡아보며,

외롭지만,
코로나는 여기 없다.
옥수숫대 내 키 넘고
갓 심은 도라지가 너풀거리는,
아침 모습이 싱그럽구나.

어젯밤 빗줄기에 씻겨

미세먼지 앉은
참나무 잎 언저리는
어젯밤 빗줄기에 씻겨
내렸고,

은여울 오솔길
땅바닥에도,
빗물이 잠시 쉰 듯
촉촉함이 묻어난다.

어두운 밤
살짝이 비 내리는 그 모습을
식물들이,
얼마나 반겼을까?

무지갯빛 7가지 색 중
정중앙에 초록색,
우리 눈을 맑게 한단다.

눈 보호 차원에서
초록색 산속을 즐겨
찾으라 방송한다.

율무와 나선 산행길
즐거워 날뛰는 녀석

후각, 청각, 시각이,
인간의 감각을 훨씬
초과하는 수준인 듯,

걸핏하면 튀어나가
뭔가를 쫓아간다.

산비탈 여기저기
안방으로 누비는 율무
네가 가장,
행복한 듯 보인다.

낮이 가장 긴 날
하지가,
오늘이란다.
일식까지 겹친다는
5년 만에 다가선 멋진 날이란다.

만 보 코스 은여울2봉
뒤돌아 나서면서,
오늘은 트로트에서
발라드로 조용히 귀 기울인다.

남한 강변을 느끼며

무궁화 열차로 오근장역 승차하여,
제천을 경유
단양, 풍기, 영주로 달려간다.

터널을 끼고 산세 좋은
멋진 곳과 남한 강변
흐르는 물줄기를
시원하게 창가로 느낀다.

영주에서 잠깐 쉬고
단양으로 되돌아 나와
얼큰한 쏘가리 매운탕에,
밥 말아 배 채우고,

남한강 강변따라 관광코스 갑판 도로
땀 흘리며 걷는다.

장미 넝쿨 터널이 길게 길게
모양을 내고 있고,
가파른 언덕의 바윗길과
낭떠러지 아찔한 곳
그 밑으로 남한강이 흘러간다.

적당히 와야

장마가 시작된다더니
아침부터 빗줄기가 보인다.

초록색 바깥 모습
창밖으로 내다보며
오는 비를 나무란다.

적당히 와야
쓸모가 더할 텐데
장마로 내린다니
많이 걱정스럽다.

밭작물이 넘어질까?
밭고랑 잡초가 힘 받을까?

빙 둘러 산이 있고
산속에 푸르름이 있지만
눈으로만
가능하다.

잿빛 하늘에
먹구름만 떠다닌다.

진천 명물 농다리

두들겨보며 건넌다는
돌다리가 진천 명물 농다리다.
개천을 건너는 징검다리가
세금천(洗錦川)변에,

그 아래로 1000년의 역사를
자랑하는 단단한 돌다리
농다리가 맑은 물을 흘러
내리며 나를 유혹한다.

율무 없이 혼자서
오랜만에 초평호수변
갑판 길을 더듬어 하늘 다리
출렁이며 붕어 마을로 걷는다.

비 온 뒤 흐린 날씨가
더위를 피해준다.
바람도 이따금 등에
흐른 땀을 시원하게 식혀준다.

임도 따라 걷는 길엔
다람쥐가 일행되어
이쁜 모습으로 움직인다.

단양, 제천, 충주로 흐르는
남한강 물줄기에 흡사한
수량(水量)이 넘실대는 초평호다.

파란 호수 바라보며
푸르름이 넘실대는
경사진 산자락을 끼고 도는
운동길이 너무나 아름답다.

은여울 오솔길은
나 혼자 움직이지만
농다리 운동길엔 걷는 이가
제법 보인다.

마스크로 단장하고
조심조심 움직이니
다소 불편함도 따른다.

13,105보 11.25km 걷고
노곤한 몸을 달래며
124분 만에 오늘을
마감한다.

태풍급 강풍이 예보된 아침

고양이는 늘
소나무 위로 올라서며 약 올린다.

높은 처마에 매달린
고드름 쳐다보는 격,
나무를 잡고 뛰어본다만
포기하고 날 따를 수밖에.

어제는 단오였다는데
계절 감각 없이 요즘을 보낸다.

매일 산에 가고 걷다 보니
요일도 모르겠고,
세월 가는 것도 주위 농작물
자라는 것으로 알아챈다.

구름 속에서 삐죽대며
이따금 햇살이 보인다.
습한 공기지만,

나에게
은여울 오솔길은 여전히 좋다.

전 세계 인구

전 세계 인구가
77억 7,777만 7,777명을
돌파했다는 뉴스가 검색된다.

연간 8,700만 명이 늘어난다는데
교육열 높은 대한민국은 인구가
늘긴커녕 줄어들면서,

노인 인구만 늘어난다.
그 노인 중 한 명에
내가 포함된다.

코로나 역병이 전 인구를
마스크로 입틀어 막는,
큰 재앙으로 다가선 지
5개월째 접어든다.

모이는 것 만나는 것
가깝게 다가서는 것,
모든 행동이 부자연스러우니,

세상 사는 맛이 없다.
시골에서 외롭지만,

6월 막바지 요즈음은
먹거리가 널려있다.

블루베리, 복분자, 오이,
꽈리고추, 호박잎, 고구마 줄기,
풋고추가 현장에서
내 손에 온다.

입맛 다시는 유기농
채소로 면역력 길러주고,
쑥으로 빚은 찹쌀떡에
목축이며 지내면서,

오늘도 율무와 나는
은여울 산 오솔길에
땀 흘리며 걷는다.

율무야!
넌 그래도 젊지 않으냐?
적당히 움직이면
고달프지 않단다.

Part 2

코로나 19에도 더위는 여전합니다

해맞이가 없는 날

어제는 상반기 마감
오늘은 하반기 시작
비 오면서 지나친 요 며칠 새
어느덧 올해의 반이 지나갔다.

덧없는 세월은
브레이크를 아무리 잡아도
미끄러져 지나간다.

깨꽃이 피어나고
능소화가 꽃 피우며
금화규도 오늘내일 사이
꽃 모습을 보일듯하다.

너무 많이 매달린 고추는
무게를 못 이겨 비 맞고 넘어지니,
세우느라 땀깨나 흘린
어제의 나는 영락없는
귀농인 모습 그대로였다.

인간극장은
세상사는 모습을 그려내는 멋진 프로그램이다.

45살 42살의 보성 사는
장인 장모에 딸 23살 새댁과
48살 45살에 괴산에 사는
23살 먹은 동갑내기 신혼부부가,

농과대학 한우학과와
원예학과를 마치고선
즐기면서 농사짓고
자기 인생을 누리는 모습
매우 아름답다.

좋은 대학 졸업하고
취업하려 애쓰는 많은
젊은이들과
너무나도 비교된다.

젊은 나이 23살에
아들을 품고 있고
45살 42살에 할배
할매가 되었으면서도,

만평이 훨씬 넘는 벼농사를
농기계 굴리면서 살아가는
힘찬 시골 모습에
밝은 내일을 본다.

잡초를 뽑느라

비가 멈추니
마당이며 뒤뜰에 서 있는
잡초를 제거하느라
오전을 허덕인다.

예초기 날을 세워
휘발유 가득 담고
3시간 넘게 풀 깎기를
하고 나니,

어깻죽지 다리 등
온갖 곳이 떨린다.
중노동을 하고 나니
깨끗함이 눈에 온다.

블루베리 한 움큼 입에
담아 넣고
더덕주 한 잔에 피곤함을
달래가며
깨끗한 마당에서
삶은 감자 씹어가며
오늘을 정리한다.

멧돼지

은여울 1봉에
송아지 크기의 멧돼지가
20m 전방에서
산등성이를 넘고 있다.

겁먹은 나,
촬영에 실패하고
율무를 찾는다.

산비탈을 헤매며
뒤따라오던 율무가
다행스럽게 돼지를
못 느낀 듯 나타난다.

한바탕 할까 봐서
오늘 산길은 사뭇 두렵다.
또 나타나면
어떻게 대응할지?

겁 없는
율무는 덤벼들게 분명하고
멧돼지는 튀어서 줄행랑치겠지….

율무가 나의 보호자로
산행길 동반자로
되어 줄 것인지
궁금하다.

오늘따라 오솔길에
나비가 엄청나다.
나비의 정체가 의심스럽다.

애벌레가 나비 되어
매미로 변할 것인지?
낙엽 색깔의 나비 정체를
알 수가 없으나,

이쁜 모습의 나비는 아니다.
코로나가 지구를 삼키듯
매미 울음소리가 숲속을
삼킬 날이
얼마 남지 않은 것 같다.

눈앞에서 아른거리는
나비를 헤쳐가며
2시간을 걸어서 마감한다.

20kg 유기농 퇴비

어젯밤에도 쏟아졌다.
저녁이 다가서면
바람이 불어오고 바람결에
비가 함께하는 요즘 날씨다.

프로야구중계에 시간을 뺏겨가며
고향 팀과 특정 선수에
매력을 느끼며 활동상황을 지켜본다.

자기관리에 소홀한
유명선수도 안타까운
맘으로 바라보면서,

세상살이 모습이
어느 분야를 막론하고,
자신을 찾아
최선을 다해야만
순탄함을 눈으로 지켜본다.

여기저기 이쁜 꽃이 눈에 들어오는데,
기다리는 금화규 꽃은
아직은 보이질 않는다.

여기저기 친구 찾아

딸깍
움직이는 곳 어디서나
안전 안내문이 도착한다.

청주 가면 청주시청
세종 가면 세종시청
대전 가면 대전시청
집에 오면 사는 곳 군청에서,

어쩌면 그렇게 정확히
찾아오는지?
코로나 역병 안내문을
받아보며 엄청난 통신망에
스스로가 놀란다.

은행에 안 가도
스마트폰 앱에서 입출금 명세를 받아볼 수도
보내고 싶은 돈도
앉아서 보낼 수도 있다.

편리하기도 하면서
현대문명에 뒤떨어지고
기억력이 아름 거리는

우리 또래들, 아니 나

새로운 문화에 동떨어져
용어를 받아들기 힘들고,
젊은이들의 환상적인
댄스뮤직 등 뮤지컬도
남의 일처럼 보이기도 한다.

어쩌다 발라드라도
들어오거나,
방송 매체에서 요즘 열광하는
트로트 가락이 들려오면
눈여겨 듣고 있는 내 모습,

많이 늙었구나.
느껴보면서
가물거리는 기억력에
까먹는 인기인들 이름이며

저장된 핸드폰 이름이
아른거려서
찾느라 헤매면서,
알기 쉽게 저장 못 한 나를,
나무라기도 해본다.

맹감 열매

흐린 날 햇빛이 없어도
오르는 산행길에선
등이고 이마고 손바닥까지

땀이 흐른다.
건강이 흐른다고
자신을 자위하며
오늘도 은여울 산 오솔길에서,

진천하면
장미 비단잉어가 특산품이고
하우스에 수박이며
오색 찬란한 유기농 검은쌀이
지역을 대변한다.

여기저기 검은 그물을 친
인삼밭이 즐비하고,
외국인 노동자들이
날품 노동 현장에 땀 흘리며
돈을 모은다.

사무실 근무만 고집하며
봉급생활을 학수고대하며

대학을 나와 빈둥대는
요즘 우리나라,

일자리는 널려있다.
고달픔이 따르는 곳에는
외국인 대졸 근무자가,
땀 흘리며 돈을 번다.

숲속에 맹감 열매가
눈에 띈다.
빨갛게 변하기엔 아직이지만
너무나 오랜만에 맹감을
보고 있으니,

엄청 새롭다.
어린 시절 지게 지고
나무하러 산에 갔을 땐
가시덤불 속에 맹감이
그렇게도 많았는데.

자연인 프로에서
맹감나무 뿌리가 약초로 소개되니
새롭게 보인다.

망초

후다닥
율무가 언덕으로 튄다.
장끼가 푸덕거린 모습에
산비탈을 가보고 싶었다.

반바지 차림이라,
포기하고 혼자서 은여울
오솔길을 걸어 내려온다.

공격을 끝내고
헐떡거리며 율무가
따라온다.
장끼를 잡아두고 오는지?
쫓기만 하다 오는지?
궁금하다.

백합 향기 진동하고
녹음이 우거진 집 앞에서,
도로변으로 밀고 내려서는
호박 덩굴을 언덕 쪽으로
방향을 잡아준다.

애호박이 주렁주렁

달린 채 계속 뻗어나는
호박 줄기는,
칡넝쿨 줄기에 거의 버금가는
왕성한 모습이다.

망초!!
얼마나 억세게 번식하면
망초(亡草)라 부를까?
하얀 꽃을 피우면서 잘라서
엎어두면 줄기가 퍼져서
두 배로 뻗어난다.

호박 줄기 칡 줄기 망춧대
물가에 버드나무는,
끈질김과 퍼지는 속도감에서
어떤 식물에도 앞서는
엄청 힘든 느낌 주는 잡초다.

땀 흘리며 은여울 산
오르내리며
망초 우거진 뒷밭을
예초기로 처리할 생각에
잠시 고민해본다.

풀 깎기

나물 좋아하는 사람
꽃 좋아하는 사람
망초 연한 부분을 뜯기도 하고,

망초 하얀 꽃을
이쁜 꽃으로 감탄하며
꽃을 배경으로 사진도
찍는다 한다.

무량사 쪽 대추나무밭
밭 자락이 온통 하얗다.
망초가 하얀 꽃을 넘실대며
바닥에 쑥밭을 거느리는
모습이다.

주인 없는 밭
게으른 농부의 밭으로
오인되기에 십상이다.

대추나무, 편백나무,
호박, 수박, 참외가 커가는 곳,
아침 일찍부터
예초기를 둘러메고

노동을 시작한다.

손도 떨리고 어깻죽지도
아프고 돌 튈까 걱정스럽기도,
그래도 잡초는 없애야 한다.

제초제를 피하고
깎아줘야 농작물이 자리한다.
한나절 거의 5시간을
예초기와 씨름하며
땀깨나
흘리며 풀 깎기를 마감한다.

개운하고 깨끗한 밭
대추나무 펄럭이는 밭두렁에
걸터앉아,
힘들지만 만족하다.

땀

노동하면서
운동하면서
더운 곳에 쉬면서,

대가를 얻고
건강을 얻고
전력을 잃는 등

흘리는 땀으로부터
얻고 잃고가 명확하다.
어제는 일하면서 흘렸고
오늘은 운동하며 흘린다.

은여울 산 오솔길
6단계를 거치며 오르고
내리며 걷다 보면,
언제나 흠뻑 땀이 쏟아진다.

모르는 중에 건강은
유지되는 걸 알게 된다.
하기 싫고
귀찮지만 꼭 해야만 한다.

꽁꽁 얼었다

세상 버텨내기가 버겁다.
거물 정치인이 스스로
인생을 조용히 마감하고,
복잡스러운 삶을 정리하는
원인이 그다지 밝지 못하다.

보통사람들과 다른 줄 알았던
정치 거물들 3분이
한가지 이유,
그것도 옆에서 거들던
여비서들을 쉽게 보다가
크게 당한 모습이다.

할 말 다하는 세상으로
여성들이 세상을 끌고 간다.
당하는 기분으로는
살 수 없는 여성이다.

가정을 끌고 가고
자식들을 끌고 가고
남편을 끌고 가더니,

이젠 모든 것을 앞서서

끌고 가는 세상으로
변해 간다.

나이 들어 힘 떨어진
노인 가장은
쥐 죽은 듯 조용히 바라보며
살아야만 맘고생을 덜 한다.

수확 시기가 임박한
농작물을 눈여겨보며
내가 할 일은 어디 있나
살펴도 보고,

시간밖에 없는 세월이지만
은여울 오솔길도 빠짐없이
움직여야만,
내가 있음을 느낀다.
땀을 뻘뻘 흘리며
수건으로 땀 훔쳐가며

시장님!
살아있는 가족들 모습에서
크게 성공한
당신이 아니셨군요?
혼자 중얼거려본다.

농암정(籠岩亭) 벚꽃단지

노각 오이가 내 다리통
금화규 꽃이 내 손바닥
고추 열린 것이 한 뼘 크기
비트가 방울방울 주먹만큼

애써서 가꾼 작물이
오랜만에 내려선 밭에서,
나를 향해
입이 떡 벌어지게 한다.

흙은 거짓이 없다.
돌봐준 만큼 가치를 준다.
참깨꽃이 만발하고
들깨 모종 이식하는 요즘,

엄청난 더위가
대낮에 밭두렁에 앉을 수 없게 한다.
그래도
꽃이 보여 밭에 갈 수밖에.

콜라젠 덩어리 금화규를,
따는 대로 먹어둔다.

머리에 기억하며

식전에 은여울 산을 오른다.

오르고 내리면서,
내가 어디쯤 걷고 있는지
기억하며 움직이면
훨씬 수월함을 알게 된다.

일 수　수목원 오르는 길
이 산　산이 시작되는 길
삼 갈　갈림길이 있는 지점
사 쉼　쉼터바위가 있는 길
오 운　운동코스가 가장 긴 길

육 짧　짧은 오르막길
칠 석　돌이 놓여있는 길목
팔 돌　돌아서 오르는 길
구 꼭　꼭대기 지점에 오르는 길
열 봉　봉우리 마지막 길

일수이산 삼갈사쉼 오운육짧 칠석팔돌
구꼭열봉으로 머리에 그려가며
내 위치를 그려본다.

장마가 시작된 듯

미호천 상류 물줄기가
흙탕물로 유유히 흘러내린다.

장마가 시작된 듯
계속해서 쏟아진 빗줄기가
잔뜩 흐르는 강물로,
짐작된다.

일수에서 열봉까지
위치를 세어가며 특색 부분
사진 담아가며
오늘 산행을 즐긴다.

공포탄 터지는 소리가
뻥뻥 산울림으로 들려온다.
올벼가 벌써 고개 숙였는지?
보이진 않으나,

백일홍 배롱꽃이 피어나기
시작했으니,
벼 이삭이 어딘 지에서
숙이고 있는 거 같다.

엄청 맑다

많이 눅눅하다.
비가 멈춘듯하여
늘 가는 곳으로 산행을 시작했더니,
뚝뚝 비 떨어지는 소리가
귓전에 와 닿는다.

그냥 정상까지 진행할 수밖에
없다고 생각하고,
일수 열봉까지 내닫는다.

등에 죽지에 온통 땀으로 범벅하지만,
산행의 반환지점에서
간식타임을 갖는다.

해야 하는 운동,
나를 위하고 주변을
안심시키는 내 나름의
계산속에 특별한 사연 없으면
쉬지 않고 진행한다.

작년 오늘은 비트를 캤는데….

여름나기

7월 중순을 넘기느라 더위가 극성을 부린다.
선녀벌레가 극성을 부리더니
쏟아진 빗줄기에 씻겨나가고,

유기농 먹거리에 달려드는
각종 벌레를 퇴치하느라,
농약처럼 준비한 수액을 뿌리느라
여름나기가 엄청 힘들다.

방사광 가속기가 오창으로 온다더니,
내가 사는 곳 주변에
거대도시 산업단지,
조성과 관련된 설명회가 개최된다니,
조용한 시골 마을이
돌변할 위기에 처한다.

나라님들이 계획하는 일
막을 수도 없고,
중이 절 보기 싫으면
떠나면 되지 않을까?
생각 중이다.

만물이 소생하는 요즘

율무가 일수열봉을
나와 함께
앞서거니 뒤서거니,

으여울 오솔길을
걷고 뛰고 하더니
쉼터에서 축 늘어진다.

23년 전
진천 산속에 친구네 집
놀러 왔다가 자리 잡은 곳
지금 내가 사는 곳이다.

그 당시엔 집 앞에
비포장도로로
농로 정도의 길목이었는데,

이젠
깔끔한 포장도로에
가까이에 피블릭 골프장이
자리 잡더니,

돈깨나 쓰는 사람들

외제 차에 선글라스 끼고
즐기는 사람들로
붐비는 모습이 공휴일의
풍경이다.

방사광 가속기가
미래산업으로 엄청난 듯
생산 효과를 나타낸다는데

가까운 곳 오창에
연구단지가 지정되더니
배후 산업단지가 집주변에
조성된다 한다.

토착민들이
삶의 터를 잃는다고
야단법석인 모습이지만,

몇 년 후의 이곳 모습이
많이 궁금해진다.

산업도로가 생기고
고급스러운 연구단지로

고급인력이 근무하는
멋진 곳이리라, 상상해본다.

아침

어젯밤 많은 비가 내린 듯
미호천 상류에 흐르는 물
어제와는 다르다.

깜깜한 밤
모두 잠든 사이에
여름비가 자주 내린다.

낮으로는 비가 갠 모습이니,
산행하는 나로서는
전혀 애로사항이 없다.

멧돼지가 땅을 후벼놓은
자국들이 여기저기 나타난다.
마주칠 때를 대비하여
단단한 쇠줄을 휴대한다.

뿌리면 우산 펴지듯 늘어나서
후려칠 수 있는 멋진 기구다.

촉촉한 숲길에서
맑은 공기 흠뻑 들이켠다.

장마철이라서

바람이 세차게 분다
바람에 섞인 빗줄기까지
곁들여지는 우중충한 날씨다.

장마철이라서
어젯밤에도 오늘에도
오락가락하면서
계속 찌뿌듯한 날씨 속에 비가 보인다.

바람결이 너무 세서
시원함을 피부로 느껴가며

갓 수확한 찰옥수수
그 맛에 흠뻑 젖어
토마토 알갱이로 입추기며
명품 트로트에 내 맘 담그면서
내려선다.

산등성이에
바람 소리가 바닷가 파도치는
물결 소리처럼….
귀에 온다.

변해야 한다

맑은 하늘, 하얀 구름
쾌청한 오늘을 말한다.

바람도 없는지
구름도 움직이지 않고,
은여울 산 오르막길
땀 흘려도 바람 한 점 맛보기 힘들다.

부동산 정부 정책이 민중 소란의 원인으로
집회가 이어질 듯한 사회 분위기,

도통 어딜 믿을 수가 없더니
청와대 국회를 몽땅 세종으로 옮겨야 한다고,
국회에서 여당 원내총무가 의견을 발표한다.
언제 적부터 떠들었는지,

정치인들의 주장은 한 귀로 흘러버리고,
그러려니 하면 된다.

수도권에 집중하는 그곳이 문세는 문제다.
집값이 금값인 그곳
어떻게든. 변해야 한다.

흐린 날씨

비가 내린다.
주룩주룩 내린다.
창 너머 산비탈 초록색을 두드린다.

나뭇잎이 흔들리고
가는 가지가 물방울에 얻어맞는다.

초콜릿 열매를 수확하는 예정일이 오늘인데
느닷없이 빗줄기다.

많이도 나르는 듯
창 너머 저 멀리까지
뿌연 안개처럼 물방울이 떠 있다.

햇빛이 숨어드니 더위는 아예 없다만
습한 기운이 맴도는 산속 방안에서 빈둥댄다.
제습기가 돌아간다.

은여울 산행길은
우산 받고 가야 하나?
오늘은 그냥 쉬자꾸나.

들판을 가로질러

줄기차게 쏟아지던
장맛비가 잠시 쉬는 틈
답답함을 못 이겨 율무와 산을 오른다.

미호천 상류가
범람하기 직전 모습으로
유유히 흐른다.

초평호, 백곡호를 수문 개장한다고,
안내 문구가 군청에서 발송된다.

하천에서의 행동을 조심하라는 안내가
코로나 방역 안내에 익숙한 나에게
연속으로 날아든다.

밭 자락에 넘쳐나는
금화규 꽃도 아예 따는걸
포기하고 흐드러지게
피어있다.

씨를 받아 기름을 짜는
가을일로 패턴을 옮긴다.
하기 싫고

귀찮음은 내 나이 또래의
게으름 이리라.

방송 매체가 전달하는
우리나라 여기저기,
홍수로 고생하며
찻길인지 물길인지 분간하기 힘든 곳에서
물 퍼내는 안타까운 모습에

안전하게 지내는 여기가
복 받은 곳 생거진천이라,
크게 느끼면서 지낸다.

숲속에 모기는
장맛비에도 버텨 냈는지
내 몸 보고 달려드니
자연 속에 생물체를
되돌아보며 걷는다

율무야!
진동하는 매미 소리가
너도 좋은 거니?

중복(中伏)

삼복중에 가장 더운
중복이 오늘이다.

금강 변에서 모여 살며
한 식구처럼 정을 준 모임,
장마가 잠깐 걷힌 틈에
세종에서 모인다.

황태 요릿집, 오랜만에
쐬주잔 나누니
다정함이 더 가까이 온다.

인간 세상
살피며 지내다 보면,
친인척 못지않은 이웃이
있음을 느끼게 된다.

율무를 묶어두고
많은 시간을 보내기가
어색하다.

세종시에 크게 변화를
줄 듯한,

정치권의 분위기가
예사롭지 않다.

꽉 막힌 곳 서울을 풀어내는
묘안이 여론으로 들끓는다.

뒷방으로 밀려난 세대
율무와 나날을 즐기는 너,
오후 늦게 은여울 산
땀 흘리며 오른다.

율무야!
너 오늘 왜 이렇게 허덕이냐?
숨소리가 거칠어지는
너 때문에
오늘은 서둘러야겠구나.

후덥지근함에
땀깨나 쏟아내며
열봉지점에서 잠시 쉬다
돌아선다.

오늘도 해낸다
걷는 길이 내 길이고
오르는 산 내 산이다.
노랫가락 귀에 담으며….

땀인지 물인지

줄줄 흐른다.
땀인지 물인지 안경 너머
이마에서 목덜미로 흐른다.

둘러맨 수건이
촉촉해지도록 찌꺼기가
빠져나가니
걷지 않을 수가 없다.

찌뿌듯한 그 날이
상쾌함으로 시작되는 유일한 길,
산을 오르내리는 그 길이다.

해수욕하고 휴가받는 7월,
금주 지나가면
새로운 달 8월이다.

7월이 가는 김에
코로나 너도 지나가거라.
이러다 주변 친구 얼굴도
잊겠다.
마스크 없는 그 날이 그립다.

조팝나무 꽃

은여울 산 정상,
멀리서 초평호 물 떨어지는
소리가 나이아가라는
비교할 수 없다.

엄청난 물이 호수에
쌓이니 수문을 열어
흘러내리는지?
물결은 안보이고 폭포처럼
웅장한 폭음만 전해온다.

오후부터 또 며칠간
비가 내린다니
서둘러 율무와 산행을
시작한다.

오름길 내리막길에
등에 막대 바치고
노랫가락 들어가며
땀 흘러낸다.

산행길에 익숙한 율무
고달프기도 해 보이지만

오늘은 간식도 거절한다.
물만 들이켜며
쉬는 모습으로 돌변한다.

매일 오는 산이지만
일수열봉 헤아리는 나도
힘들긴 매한가지다.

효소를 마시고
신선한 과일 깎아 먹고
갓 수확한 채소, 오이
건강식으로 먹어가며
하는 거라곤 산타는 일뿐.

인적이 드문 곳에 나 홀로 지내면서
오늘 가면 내일이고
월말이 오면 다음 달하며
세월을 낚고 있다.

주변에 꽃 모습이 요란한
오늘이다.

금화규가 늘어지게
피어나고 낯선 꽃들이
잔칫집 모습이다.

튼실한 버섯

어젯밤
번개 뇌성 치면서
장대비가 쏟아져 내리더니,

미호천 상류
내가 주차하는 도로 위까지
물이 넘치며 흐른다.

10여 년 전에
갈탄촌락 앞 도로가 잠긴 후
오랜만에 보는 엄청난
물난리다.

경사진 우리 집도
많은 물이 할퀴며 흘렀는지
대문 앞 도로가 많이
패이며 휩쓸려 내려갔다.

오전 중에 잠깐
비가 멈춘 틈에
율무와 나는 은여울 산
진행한다.

어제 비운 걷기운동
답답해서,
오늘은
기어이 해낸다.

신나게 뛰던 율무
힘든지 많이 헐떡댄다.

햇빛 없는 오솔길
습기가 가득 시원하지만
여전히 땀은 흐른다.

비 맞으며 올라오는
이름 모를 버섯에
눈길이 자주 가지만,

먹을 수 있는 식용인지
독이 담긴 독버섯인지,
모르니
아예 포기한다만,

튼실한 버섯 모습에
자꾸만 내 눈길이
쏠려간다.

Part 3

코로나 19에도 보람은 계속됩니다

오늘은 8월

어제는 7월
오늘은 8월
복더위에 비가 쏟아지니
더위는 넘어가지만,

세월은 쉼 없이 지나
5일 후면 가을이 시작되는
입추가 다가선다.

입춘 추위에 얼어 죽고
입추 더위에 쪄 죽는다지만
계절은 계절이다.

고추잠자리 배롱나무꽃
누렇게 익어가는 호박덩이,
가을을 눈앞에 아른거리게 하고
고추밭의 빨간색은
농부 허리를 굽히게 한다.

오후부터 빗발이 세게 또 때린다니
이번엔 또 어디를 보살펴야 할꼬?

마당에 풀도 깎아야 하고

금화규 꽃도 바구니에
담아야 하고.

여기저기 할 일이 밀려
무엇부터 손을 맞춰야
순서가 맞는 건가?

미호천 상류 갈대밭이
빗물에 씻겨 바닥으로 누워있다.

농다리가 물에 잠기고
초평호 수문개방으로
야영장이 물속에 잠겨
아수라장으로 변했다.

자연에 순응하는
인간으로 태어나라는
게시인 듯도 하다.

어제는 세종엘 다녀왔다.
세상이 바뀌고 있음을 실감한다.

서울을 따라가는
아파트 시세에 입을 다물지 못하겠다.
인간미 없는 세상에 우리가 살고 있다.

산속이 맞는가 보다

멍 때린다.
어찌나 내리는지 뒤쪽 산도 안전한지
살펴보고 온다.

계속해서 산사태
안전 안내문이 뜬다.

내가 있는 곳
산속이 맞는가 보다.

어제 깎아둔
앞뒤 마당이 깨끗해서 좋다.

3시간을 빗물과 내 땀이 섞인
결과물이 깨끗함이다.

22년 전
잠시의 선택이 촌놈 인생으로 변했지만

현제의 내가
존재하며 산다는 것
그것이 보람.

관공서 직원처럼

비 내린 후
큰 피해가 있었는지
관공서 직원처럼 돌아본다.

할퀴고 간 물 자국이
강변에 눕혀진 갈대며,
우뚝 솟은 나뭇가지에
엉겨 붙은 쓰레기가,
이번 비 흔적으로 보인다.

마을에 완전히 무너진
집 한 채 보이는데
그 속에 홀몸노인이라도
있었는지 궁금하다.

은여울 중학교 교문 앞
잔디밭도 물길이 지나갔는지
어수선한 분위기가
내 맘에 혼란을 준다.

초평호 수문에서
쏟아낸다는 물줄기는
미호천 은여울교 주변까지

엄청난 수량이 흙탕물로
변한 채 유유히 흐른다.

맑은 물
파란 물은 언제쯤 눈에 올지?
방송에
장미 태풍이 남해안으로
올라온다니?

씨름판 샅바 싸움처럼
자연과 또 한바탕
힘을 써야 할 거 같다.

초평호가 보이는 곳
산언저리
쉼터에 앉았더니,
처음 와 본 곳이다.

매미 울음소리가
내 마음을 달래주듯
쉬지 않고 계속된다.

찌리릭 찌릭
매미야!
지금이 여름인 건 아는 거냐?

5호 태풍 장미

물동이로 붓는다.
축사 지붕을 때리는
빗소리가 요란하다.

5호 태풍 장미가
지나는 길에 뿌려댄
빗줄기
어젯밤부터 오늘까지

극지성으로 내려대니
견뎌내기 힘든 농작물,
보기에 안타깝다.

시커먼 참깨며
쳐져 버린 고추가
햇살 보기를 꿈속에서나
가능한 거 같다.

TV 화면에
물에 잠긴
지붕 위에 소가 있고

도로를 소 떼가 질주하고,

500고지의 암자에
물난리를 겪은 소들이

웅성대는 모습을 보니
살겠다는 욕심은
인간 세상과 차이가 없다.

물에 잠긴 수해지구가
너무 안타까운 요즈음

지구 온난화의 결과물이라니
진단하는 지구과학자의
설명이 맞는 거도 같다.

그냥 아우성이다

며칠 만에
은여울 산에 오른다.

4쉼 주변에서 율무가
튀어가더니
고라니 한 마리가
정신없이 도망간다.

율무가 쫓아가니
뺑소니치는 모습이다.

율무가
잡진 못하고
헐떡이며 나타나선
안타까운지 허우적댄다.

어젯밤까지 내리던 비
오늘은
흐리긴 해도 비는 멈췄다.

일수에서 열봉까지
땀 흘리며 오르다 보니
제법 힘에 부친다.

하던 운동을 띄다 보니
감각이 무뎌진 거 같다.
미호천 상류의 흙탕물 위로
여름 더위에 수증기가
아지랑이 되어 피어오른다.

5호 태풍 장미 자국으로
높은 나무 위 잣 열매가
땅 위로 뒹구는 모습이 보인다.

가는 길에 주어다
껍질을 벗겨볼 심산이다.
들어있을지?

전라도, 경상도, 충청도는
이번 물난리로
수재민이 잔뜩이다.

농사짓는 농민
가축 키우는 축산인
과일 및 인삼 재배하는 분
하우스 두르고 고급작물
생산하는 모든 분이

그냥 아우성이다.

물관리에 체계적이지 못한
수자원공사 등
수문개방에 원인이 있는 듯

수재민들이 탓하는
방송화면이 많이 눈에 띈다.
인재이건 자연재해이건
이번 재해로 피해 속에
한숨 쉬는 어려운 이웃 중에

내 주변도 너무 많다.
농축산물 물가 오름으로
도시민들도 어려울 듯

빗속에서 움츠리던 매미
원 없이 울부짖는 오솔길
내 귓전이 어지럽다.

숲이 우거진 곳

매미가 있고,
매미 있는 곳에 소리가 있고
매미 우는 곳 그곳에
자연의 합창이 있다.

새소리 매미 소리에
풀 깎는 예초기 잡음이,
오솔길 오르는 내 걸음 길에
자연의 시원함을 넘긴다.

손등에 물기가 땀이고
등줄기에 흐르는 물줄기가
땀이려니
흐르는 땀만큼 내 몸속은
가벼워 지리라.

혀를 뽑은 채 허덕이는
율무보단,
피부로 땀 뽑는 내가
훨씬 수월한 듯도 하다.

나무 사이로
햇빛이 보이지만,

바람 한 점 보이질 않은 날씨가
습기까지 잔뜩 품어
무덥기가 한이 없다.

만 보 코스 의무적인 곳
오늘도 걷는다.
율무가 앞서고
난 보폭을 넓히면서
생각 없이 걷고 또 걷는다.

걷는 길 외의 어떤 것도
건강 처방은 없다고 믿으니
무심코 움직인다.

내리막길에서
어제 만난 고라니가
율무와 한바탕 뛰기 경주가
또 일어났다.
잡기는 못 하는 너구나.

순간적이라서
카메라에 담지도 못해
아주 아쉽다.

백일홍

하늘을 향해 벼 익기를 기원하듯
백일홍 붉은 꽃이 하늘과 섞여
아름다운 모습을 전해준다.

벼가 고개 숙이기 시작하지만
잔뜩 쌓인 습도 속에
날씨는
찌는 듯 짜증스럽다.

수목원에서 시작
쉼터를 거쳐 열 봉우리까지 돌아서니
산들바람 시원함이 오솔길에
전해온다.

여기저기에서 쉼 없이
매미가 울어대고,
낯선 새 울음까지 섞여서
자연의 소리 안에서 내가 걷는 중이다.

도토리 열매가 땅바닥에 보인다.
오후부터는 큰비가 온다니
단단히 벼르고 살펴야 한다.

말복(末伏)

어제 예보는 오늘 종일
비 내린다 했었다.

맑은 아침이 보여
은여울 산
오솔길을 향해
율무와 함께한다.

엄청난 매미울음 소리
한여름의 울림이다.
말복이고 광복절이다.

닭백숙에 왕왕이탕이
적격인 날 그날이 오늘인데
언제부턴가
왕왕이는 내 기억에서 사라졌다.

율무야!
함께하는 네가 이렇게
귀엽고 영리한데
그렇게 할 수는 없겠지?

왕왕이는
멍한 인간들 음식임에 두말할 필요가 없다.

복더위는 바람이 아무리
불어도
땀 흘림에 예외가 없다.
엄청 흐른다.

수건이 땀투성이로
흠뻑 젖는 오늘,
만보 코스 열봉지점을 돌아
뒤돌아선다.

걷는 처방이
모든 병에 처방전이라
여기저기
좋은 글에 알림으로 떠돈다.

수년 전부터 거의 매일
걷고 있는 내 몸
아무래도 나 스스로가
아는 몸이다.

성인병아, 멀리 가거라.

찌는 날씨 속에

호우 주의보, 경보, 특보,
장마를 지켜본 지 2달,
폭염 주의보, 경보로
삶는 날씨가
오늘부턴가 보다.

찌는 날씨 속에
그동안 맺지 못한 열매가
아물어지기를 간절히 빈다.

대추 고추 모과여
이젠 너희들 본모습을
햇빛과 함께 보여다오.

풀 속에서 제 몫을 다하는
가을꽃이
여기저기에 요란하다.
꽃을 보는 내 맘속에

고요함을 전해다오.
보고 즐기고,
먹으며 느끼는 세상맛
제자리로 돌아와다오.

땀 흘리며 걷는 산길
뙤약볕 쪼이는 오늘이
아직은 열리지 않는다.

매미 울음소리에
발걸음 맞추며 뚜벅뚜벅
걷는다.
마냥 즐거운 율무 녀석

헐떡이며
혓바닥 내미는 네 모습이
마냥 즐겁지만은 않은 것 같다.

물과 간식을
배낭 속에서 뽑노라면,
그냥 좋아하는 너.
나밖에 없는 거지?

은여울 만보 코스 열봉에서
뒤돌아 내려선다.
오늘도 해낸다.
그냥 걷는 나에게 무슨
의미가 있을 순 없다.

중부권을 휩쓸어본다

사는 곳 진천
오늘은 주치의 선생님과
면담이 있어 세종엘 가는 날.

처방전 구하고
살았던 곳 세종과,
신탄진에서 여기저기를
기웃거린다.

다니던 이발소에서
깔끔하게 단장도 하고
눈 위에 검은 테
선글라스로 단장도 해본다.

시원한 물냉면으로
누리 마루에서 한 그릇,
뱃속을 잡아주고

선글라스 낀 김에
대청호 수변도로
갑판 길 찾아 걷기로 한다.

시작하는 지점부터
매미 소리가 완전히 굉음이다.
광역시 매미라서 소리 규모가
다르다.

쉬지도 않고 귓속에
송곳 꽂는 듯 귀청이 울린다.
이번 장마에 금강 상류는
아직도 흙탕물이 흐른다.

맑고 푸른 물이
흐르는 곳이었는데
갑판 도로가 기울고 부서지고,

밭 자락 복숭아나무가
낙지발처럼 뿌리를 흙 위로
버틴 모습이 눈에 띈다.

대청호에서
얼마나 많은 물을 뿜어냈는지,
짐작이 간다.

여기저기 현수막 걸어놓고
수자원공사는 변상하라고
농민들이 아우성이다.

갑판 도로 양쪽으로
그늘 주는 나무가 있어,
땀 흘리면서도 즐겁다.

율무 없이 혼자서
사람 구경하면서 오늘을
보낸다.

충북에서 시작한 오늘
세종자치시를 거치고
대전광역시를 더듬으며
다시 충북으로
중부권을 휩쓸어본다.

휴가라고 생각한다.
휴가가 별거 드냐?
혼자서 만족하면 그것이
나에겐 휴가다.

예산 예당호 주변 한우 마을

어제부터 맑아진 하늘
이젠 더위가 극을 향한다.
남들은 휴가다 여행이다
나들이 나가는 데

휴가 중인 옆집 형이
휴가 기간에 밀린 일을
하겠단다.

무도 심고 배추 심을
준비도 한다니
휴가답지 않아 보인다.

같이 바닷가나 다녀오자고
제안했더니
예산 예당호 주변 한우마을을
추천한다.

두 가족이 국도를 달려
한우 촌에 도착하니
평일이어도 제법 많은
인파가 북적인다.

부위별로 맛깔스럽게
입맛 다셔 느껴보니
예산 한우가 사람들을
모여들게 하는 이유를
알 거 같다.

혼자 겸연쩍었지만,
한우 고기에 쐐주는
어느 음식에도 비교되지 않는다.

차에서 나와 느낀
길바닥 체감온도,
장마철이 그리워지듯
그 더위가 살인적이다.

논밭 어디에도
사람의 흔적이 눈에서
벗어난 오늘이다.

살인적 더위는
코로나보다 위험하다.
몸조심하며 지내다 보니
오늘이 지나간다.

외로워도 좋다

자연에서 느낀 바람
에어컨에서 받아본 인공바람,
어디서 살아야 할지
바로 느낌을 준다.

뜨겁고 더워서
집에만 있자 하니,
에어컨 신세를 져야 하고

숲이 있고
오솔길이 있는 곳
은여울 산이 있다.

그늘 속을 걷다 보면,
여기가 더위 쉬기엔
가장 앞서는 곳이다.

율무와 걷다가
바위 있는 4쉼터에서
노랫가락에 귀 기울인다.

그냥 좋다.
외로워도 좋다.

시끄러운 수도권을
매일같이 뉴스로 접해본다.

코로나가
큰 재앙으로 다가설 거 같다.
서울 주변 사람
얼굴만 그리며 살아야 한다.

매우 두렵다.
인류에게 찾아온 대재앙
종교시설에서 다가선다.

신천지가 맹위를 떨치더니
이젠 성북에 있는 큰 교회,
사랑 제일교회가
전국으로 퍼 나른다.

사뭇 두렵다.
방역에 안간힘을 쏟아가는
정부에 협조하라.
같이 안전해야 하니깐

일찍부터 산을 걸으며
어제 못한 운동량을 채우자고 애써본다.
일수 열봉에서 만보를
채워야 맘이 편하다.

조심조심 또 조심밖에

매미 울음 속에서
내가 걷는다.
더위를 피해 아침 일찍
은여울 산에 오른다.

어제 돌아가신 분이
그렇게도 기다렸던 내일이
바로 오늘이다.

흘러나온 방송 발언이
내 마음을 끌어간다.

오늘에 충실하면
내일은 자동으로 나타나고,
오늘을 살다 보면
내일은 확실하다.

오늘에 최선을 다하고,
내 몸을 지켜내며
부딪혀오는 대로
스스로 알아서 욕심 비우고
살아보자.

논 자락에 나락 열매
고개 숙일 준비하는 요즈음
따가운 햇볕은,
오곡을 익히리라.

덥긴 너무 덥다.
30도를 넘어가는 찌는 더위
은여울 산 체감온도는
25도 주변인 듯.

산들바람 부는 길목에
율무와 함께한다.
오늘도 매미는 날 따르며
울어댄다.

일수열봉 걷는 내 길
일정을 보내면서
대책 없는 코로나19,

조심조심 또 조심밖에
나로서는 대책 없다.
사람을 피하는 그 길 밖에
안 보인다.

혼자 사는 시골

하루의 일정을 시작하는
그 지점이 젊은 시절엔
출근하는 길이었다.

은퇴하고 시골에 은둔한
요즈음의 내 생활은

눈뜨면 가야 하는 곳,
은여울 산 일수열봉이
젊은 시절의 출근길이나
같은 마음이다.

수명이 연장된 세상에서
의료인의 도움을 공짜수준으로 살다 보니
건강하게 마감하는 건
자신의 노력이 절실하다.

틈나는 대로
가볍게 운동하면서
맑은 공기 속에서 자신을
돌아보고자

난

산속 길 은여울 산을
멍청할 정도로 걷고 있다.

율무와 함께하며
숙달된 코스를 안내해 준
율무 덕에 산짐승도 몰아내고
데이트하는 마음으로
산바람 쐬며 지낸다.

오늘도
매미 우는 오솔길에
땀 흘리며 걷는다.
나 혼자
아니 율무와 둘이다.

코로나 너에게는 안심인 곳,
혼자 사는 시골.
요즈음엔 좋아 보이는 곳,
그렇게도 보일 거 같다.

언제쯤 맘놓고
돌아다닐꼬?
마음 놓고 움직이는 날
이젠 많이 기다려진다.

트로트

미스 미스터 보이스트롯으로
요즈음 너무나 뜨고 있는,
인기몰이 전성기인 노랫가락이다.

뽕 뽕 필 꺾기로 맛을 내는
계속해오던 노랫가락이었는데
어느 날 갑자기 경연 프로에
다시 등장하여 관중들 호응이
숨넘어가는 정도에 이른다.

인간사 희로애락 생로병사
자연 속의 온갖 만물을
입맛에 맞게 진열해가며,

가슴을 울리고
애타게 하고
감정 잡아 느낌을 잡아가며,

금요일 밤 어제는
보이스트롯 남녀대결에
옛날에 들었던 노래를
다시 들으면서도 맛깔스러운

경연자들의 모습에
넋을 잃고 빠져봤다.

9살에서 70살까지,
재능있는 경연자들의
한결같은 노래 솜씨에
혀를 내두른다.

남녀구분 없이
씨름 태권도 등 운동하던 사람
배우, 성우, 개그맨, 뮤지컬,
다른 풍의 가수들까지,

본업을 뒤로한 채
트로트에 한판 붙는
보이스트롯 경연 모습에
빠져드는
내가 오히려 이상하다.

더위가 절정을 이루는 듯
차단된 실내에선
밤낮을 가리지 않고
에어컨 선풍기에 목숨 건다.

날 밝은 아침에는
으레

숨 쉬려고 마당에 나선다.
이슬 맺힌 풀잎을 보며
숨을 마셔본다.

개운함이 행복으로 스며온다.
맑은 공기 자연 속에서
욕심 비우고 살아본다.

은여울 산 오솔길에서
구름 잔뜩 낀 하늘을
모자 너머로 살펴 가며
운동하는 내가 있다.
율무가 있다.

등에서 모자 속에서
땀방울을 느껴간다.
명품 트로트 가락에
귀를 세우며 발맞춘다.

만보를 향하는 오늘도
2시간 후면 목표달성이다.
율무야, 가자꾸나.

처서(處暑)

처서(處暑)가 오늘이다.
더위가 끝난다는 절기이지만,
찜통더위 속에 하루가
시작된다.

전국 어디서나 거리를
유지하고
마스크를 써야만 된다고
강제하는 메시지가 뜬다.

나를 위하고 너를 위하는
국가의 통제지만,
강제되는 부분이 너무 많아 마음 아프다.

걸핏하면 법 만들고
걸핏하면 토론으로 분위기 잡고
기분 나는 대로 휘두르는
느낌을 이따금 받으면서,

부동산 잡겠다고
몸서리치게 세금 올리더니
인기가 떨어지니
추석에 자기 돈 쓰듯 지원금 주겠단다.

사람 다루는 기계가 정당이다.

웃기면서 즐기고
엄청난 수입도 올리는
개그맨, 가수, 프로스포츠맨,
그런 길 속에
내 주변이 없음이 서운하다.

유드레곤 유재석
비룡 비 정지훈
린다 G 이효리로 싹 쓰리란
이름으로 정상권에서 돈을 쓸고

몇십억씩 챙기는 야구
몇백억씩 챙기는 축구 등
스타 선수들 돈 버는 모습엔,

일반인들이 주눅 들어
살맛을 잃는다.

일류대 나와 좋은 직장 얻는다고
종살이 취업했다고?

세상을 사는 데는
쓸 만큼만 준비되면
건강하면 모든 게 해결이다.

은여울 산속 그늘 속 쉼터
더워진 몸 식히면서
세상을 탓해본다.
넌
제대로 살고 있느냐?

8호 태풍 바비가 내륙을
휩쓸거라니?
서 있는 벼가 위험할 거 같다.
장마가 고추 깨를 결딴내더니
이젠 벼농사가 불안하다.

농민 여러분
단단히 준비하세요.
넘어지면 반수확입니다.

태풍 바비가 예보되어

미루던 일을
처리하느라,
새벽부터 밭에서
움직인다.

따갑고 키가 커서
모두발 딛고 위를 쳐다보며
2시간 넘게 작업했더니
수확한
금화규씨 제법 된다.

꽃 따는 작업을
올해에는 아예 포기했다.

그냥 두었더니
날이면 날마다 이쁜 꽃
황금빛 노란색으로
사람이 뜸한 밭 모퉁이에서
피고 지고 하더니
열매를 맺어두었다.

태풍에 휩쓸리면
부러지고 엎어져서 크게

실망스러울까…. 걱정되어
가시에 찔리면서
모두
훑어 두었다.

어디에 쓸 것인지는
나중에 생각한다.

은여울 산 가던 길은
율무가 보채서 빠질 수도 없다.

만 보 코스 2시간 넘게
땀 흘리며 돌아오니
오전이 지나간다.

태풍 바비 가는 길도
내륙에서 서해안으로 진로를
틀었다는 반가운 소식이다.

태풍 바비가 조용히
지나갔으면
코로나19나
쓸고 갔으면 한다.

수도권 다녀오기가

너무나 맘 무겁다.

진천에서 출발하여
대전에 주차하고 서울 거쳐
목적지를 돌아오니
핸드폰에 안내문자가 14번이 찍혀온다.

관내를 거칠 때마다
확진 환자 동선이며
중대본에서의 주의문자가
나를 관리해준다.

코로나 역병이 이렇게나
무서운 걸 절실하게
받아들일 수밖에 없다.

입에 마스크 끼지 않은 어떤 사람도 없다.
산골에서의 난
딴 세상 사람임이 틀림없다.

조심하며 사느라고
고생하는 우리

태풍 전야라더니

8호 태풍 바비가 강풍을
몰고 온다고 야단이더니,
엄청 조용한 오늘이다.

제주로 상륙하였고,
서해 쪽을 비켜서 쓸고
지나갈 듯 단단히 대비하라니
농사꾼들은 걱정이 태산이다.

금화규 꽃씨를
마당에 펼쳐 햇빛 쏘이게
말려두고,
율무의 재촉에 산속 오솔길로
서둘러 오른다.

산속에 집이 있어 매미와
함께하고

걷는 길 산속이니 여기도
매미가 우는 곳,

사람이 모이는 곳엔
아예 접근 금지라니,

매미와 접근하며 비말이
아예 없는 곳,
혼자서만 사는 곳이
요즈음은 낙원으로 느낀다.

공기 중에,
손잡이에, 문짝에,
어디라도 사람이 닫는 곳엔
코로나 흔적이 그대로 있는 듯,
불안해서 씻어낸다.

서울을 다녀오며,
손 씻고 벗어서 빨래하여
흔적을 지워야만
내 맘이 개운하니,
그곳의 모든 이는 얼마나
고통스러울까?

어제는 쉬었고
은여울 산 오르막길에
율무와 함께한다.
깨끗하게 차려입은 율무 옷차림이 단정하다.

여기저기 땀이 밴다.
건강이 밴다.

태풍 바비

진천에선
조용히 지난 거 같다.

논두렁에 벼 이삭은 넘어진
모습이 보인다만,
생각보다 피해 없이 떠난 듯싶다.

한밤중에 스쳐 갔으니
크게 느낄 수도 없었거니와
방송에서 너무 심하게,
떠든 통에 느끼는 감각이
무뎌진 것도 같다.

바다 쪽에 가까운 지역은
강풍에 고생 좀 했을 듯하지만

내륙에 있는 내가 사는 곳
생거진천은 평온함이 평시와
크게 다르지 않다.

새벽에 동쪽 하늘은
밝은 해를 내보일 듯 맑음이
솟구치고,

은여울 산 오솔길엔
태풍 뒷바람이 시원함을
전해준다.

도토린지 상수린지
어젯밤 바람결에 땅바닥에
익은 모습으로 나뒹굴고 있다.

가을이 내 몸에 들어선 듯,
가을 공기가 콧속으로 전해진다.
세월이 지나감을 반가워 할
그런 내가 아니지만.

추석 명절이 다가오니
코로나가 퍼져나갈
대명절이 아니길
기원할 뿐이다.

율무와 걷는 길
만 보 코스 다녀오는 길
오늘 일정을 미감한다.
바람결이 무척 시원하다.

미호천 강변

메타세쿼이아 가로수
길목에,
엄청난 울음소리
매미가 여름 막바지를
알리는 소리다.

장마가 걷히고
태풍이 지나간 뒤
미호천 강물은 깨끗하고
맑음을
푸른색 강 빛으로 보여주고,

여기저기 가을꽃,
코스모스, 들국화, 백일홍이
득세하며 피어난다.

호박꽃 피는 곳에
가냘픈 호박이 연한,
호박 나물을 상상케 한다.

씨 뿌려둔 무는 파릇파릇,
순 올리기 시작하고
모종 이식한 배추는

포토에서 힘 받아 땅 맛 보고
자리하니,
가을 김장 재료로서 손색이
없겠다.

금요일은 불타는 금요일이라더니
방안에서 불태우니
이게 바로 방콕이구나.

땀 흘린 후 맞이하는 바람
시원함이 곧 행복이다.
이 맛에 산 찾으니
은여울 산 최고구나.

산기슭에
대안학교 은여울중이
명문으로 자리하더니,
은여울 고등학교도
같은 자리에 들어선단다.

강제하지 않으면서
스스로 자리 잡는 교육
대안학교 은여울 중·고교
그대여, 영원하리라.

엄청 쏟아진 어젯밤 비

미호천 상류가 흙탕물로
누렇게 변했다.

어제의 맑고 깨끗한 물
번개 치고 뇌성 울리며
몽땅 쏟아지더니,
미호천이 온통 지저분한
물길이다.

비 온 뒤 은여울 산 오솔길
후덥지근함이
너무나 기분 나쁘다.

바람 한 점 불지 않으니
상쾌함이 전혀 없다.
온몸이 땀 속에서 헤맨다.

"어대낙"이라고..?
어차피 대표는 0낙0이라며
더불어민주당
전당대회에서 대표를
선출하는 모양이다.

코로나 때문에 잔치를
치루는 게 아니고
조용조용히 형식만 갖추고
전당대회를 마칠 거 같다.

국민들
관심권에서 아예 벗어난
오늘의 전당대회
어대낙으로 종료될지?

땀으로 멱을 감으며
은여울 산 산행을
오늘도 기어이 해낸다.
주말이 주말답지 못한
8월 마지막 토요일이니,

9월이 바로 눈앞이다.
세월은 쉬지 않고
며칠 후면 9호 태풍 마이삭이
온다고 예보된다.

또 한바탕 태풍과 싸워야 하나?

막바지 더위

흐린 날씨 구름 낀 오늘이지만
상당히 무덥다.

숲속 오솔길을 걷다 보니
어젯밤에도 제법 많은 비가
쏟아졌던 거 같다.

숲길이 촉촉하고
낙엽이 물길에 밀려난 흔적이
여기저기에 보인다.

숲길이 굵은 모래에 돌밭이라
질척거리지 않음에
내가 걷기엔 안성맞춤 길이다.

미호천 상류는 어제와
같은 흙탕물이 흐른다.
마이삭이 지나간 후에나,
맑은 물이 은여울교를 지날듯하다.

8월이 마감되고

내일이면 본격적인 가을
9월이 시작된다.

휴가철 걱정만 하며
오늘로 여름은 지나가고
2020년도 막바지인,
가을이 함께 접어든다.

도토리 상수리가
나무 밑에 이따금 눈에 띄고,
아침저녁으론
제법 서늘하기도 하다.

그렇게도 울어내던 매미,
계절을 읽어가는지
울음소리가 슬퍼진 느낌이다.

농기계 창고에서 쉬고 있던
콤바인이 벼 베러 나설 시기가 임박해진다.

고개 숙이는 벼 이삭이
눈에 띈다.

축하의 글 I　　가슴 따뜻한 편안함과 위로

딸 오은영(약사, 서울 서초구 약국 근무)

'생거진천 산신령'이란 애칭으로 블로그에 은퇴 후의 삶을 매일 기록해오신 아버지.
드디어 아버지의 삶이 고스란히 담겨 있는 귀한 글들이 출판되어 활자로 남게 된다는 사실이 너무나 기쁘고 감동적입니다.

코로나로 인하여 뉴 노멀(NEW NORMAL)이라는 신조어가 생기고 익숙하지 않은 세상을 맞이해야 하는 소용돌이 속에서 몹시 혼란스러운 요즘입니다.

아버지의 글들은 아름다운 자연과 평화로운 삶의 모습을 간결한 시를 통하여 표현하고 있습니다.
아버지의 시는 그리운 고향을 찾는 이가 내쉬는 안도의 숨과 같은 가슴 따뜻한 편안함과 위로를 줍니다.

자연과 함께 벗하며 자연이 주는 교훈과 삶의 지혜들을 이야기해 주시는 아버지의 글을 몹시 사랑하며, 시와 함께 펼쳐질 아버지 삶의 이야기를 기대하고 또 기대합니다.

축하의 글Ⅱ　코로나 19시대 역사의 흔적

동생 오장원(자전거길 전국완주자)

현직에서 누구보다 활발한 직장생활을 해온 어느 날, 근무 중에 쓰러져 응급실에 실려 간 적이 있었다.
직장생활의 특성상 스트레스가 쌓이고, 술 담배가 지나치셨던 형님.
당뇨, 혈압, 고지혈증에 건강상태가 엉망이셨다.
술, 담배를 끊고 도시락으로 음식물을 챙기시더니,
명예로운 퇴임을 하시고
상산이란 옛 지명 진천 산속으로 이사하신다.
주치의의 건의대로 걷기 시작해 주변의 야산을 거의 매일 만 보 코스를 정하여 걸으시더니, 늙어가며 희미해져가는 기억력을 되살리겠다고 그날그날을 글로 남기셨다.
모인 글을 책으로 편집하여 책으로 엮게 됨을 축하드리며 아울러 세월이 한참 지난 후에 코로나 19시대 우리나라의 당시 사회상을 느낄 수 있는 역사의 기록물이 되리라 믿어본다.
앞으로도 활발한 저술 활동이 이어지길 소망합니다.

다시 한번 출판을 진심으로 축하드립니다.

편집자(編輯者)의 말 　　시원한 여름 이야기

귀농 시인 오석원 님은 30년이 넘게 국세 행정 전문가로 살다가 지병 때문에 아무 연고도 없이 살기 좋은 생거진천 농다리 길로 24년 전 귀거래(歸去來)했다.
자연을 벗 삼고 맑은 물 좋은 공기 속에서 행복하게 살며 2남 1녀를 모두 성혼(成婚)시키고 의사, 약사, 공기업 임직원으로 이끌어 부모의 소임을 훌륭하게 감당했다.
삶에서 감사(感謝)를 잃지 않고 늘 깨끗한 사랑의 눈으로 보는 세상 이야기는 하루하루가 그대로 시가 되었다.
특히 2020년 코로나 19로. 전 세계가 심히 어려운 상황에서 일상의 소중함을 깨닫기에, 진달래 출판사에서 시인(詩人)의 여름 이야기를 담아 코로나 19와 함께한 잔잔한 행복을 서로 나누고자 시집(詩集)을 마련했다.
책으로 내도록 허락하고 도와주신 시인에게 감사드리며. 늘 건강하고 행복이 넘치길 소망한다.

2020년 12월에

진달래 출판사 대표 오태영(시인, 작가)